BÉRÉNICE
de Judée

PAR

J.-H. ROSNY

ILLUSTRATIONS DE LÉONCE DE JONCIÈRES

Gravures à l'eau forte

de BUSIÈRE, MASSARD, PENNEQUIN

et THÉVENIN

LIBRAIRIE DE LA COLLECTION DES DIX

A. ROMAGNOL, ÉDITEUR

85, rue de Seine, PARIS

Bérénice de Judée

JUSTIFICATION DU TIRAGE

à 350 exemplaires numérotés, savoir :

GRAND FORMAT

Nos 1 à 20. — 20 exemplaires format in-8° jésus, sur papier Japon ou Vélin d'Arches, avec trois états des eaux-fortes, dont l'eau-forte pure.

PETIT FORMAT

Nos 21 à 150. — 130 exemplaires format in-8° soleil, sur Vélin d'Arches, avec 3 états des eaux-fortes, dont l'eau-forte pure.

Nos 151 à 350. — 200 exemplaires format in-8° soleil, sur Vélin d'Arches, avec un seul état des eaux-fortes.

J.-H. ROSNY

BÉRÉNICE DE JUDÉE

ILLUSTRATIONS

DE

LÉONCE DE JONCIÈRES

Gravées à l'eau-forte

LIBRAIRIE DE LA COLLECTION DES DIX

A. ROMAGNOL, Éditeur

85, RUE DE SEINE, PARIS

BÉRÉNICE
de Judée

I

Le bon Suétone nous apprend que Titus, surnommé plus tard les Délices du Genre Humain, fut d'abord un assez méchant garçon. Il menaçait d'être un professionnel impérial, a la mode des Tibère, des Néron, des Vitellius. Cruel, voluptueux et gourmand, il faisait venir des curiosités de bouche des extrémités

DU MONDE HABITABLE, DES GOUFFRES DE TOUTES LES MERS D'ASIE, DE LIBYE ET DE L'OCÉAN DES ATLANTES. IL S'ENTOURAIT DE BEAUX EUNUQUES, D'ESCLAVES EXPERTES EN LUXURES, D'ÉPHÈBES AUX FORMES HARMONIEUSES, DE DANSEUSES ADROITES À MIMER LES DÉLICES VARIÉES DE L'HYMEN ET À RÉVEILLER LES SENS ABRUTIS PAR LA LIQUEUR DE DIONYSOS. IL AIMAIT FAIRE PÉRIR SES ENNEMIS, OU CEUX QU'IL ESTIMAIT TELS, OU SIMPLEMENT LES GENS QUI LUI ÉTAIENT DÉSAGRÉABLES.

ET IL SEMBLAIT DESTINÉ À RECOMMENCER CES FÊTES EXQUISES OÙ LES HOMMES VÊTUS DE PEAUX DE LÉOPARDS ET DE SANGLIERS ÉTAIENT LIVRÉS AUX GRANDS CHIENS DE THESSALIE, À LA LUEUR DE CONDAMNÉS ENDUITS DE BITUME ET DE NAPHTE, ET TRANSFORMÉS EN TORCHES HURLANTES.

CETTE CONCEPTION VIOLENTE SUFFIT D'ABORD À TITUS — SURTOUT DANS LE TEMPS QU'IL N'ÉTAIT ENCORE QUE LE LIEUTENANT DE SON PÈRE. MAIS L'HISTOIRE NOUS APPREND, VAGUEMENT, QU'IL ENTREVIT

ENFIN QU'IL NE SERAIT PAS TRÈS HEUREUX À VOMIR
AUX ACCENTS DES VICTIMES ET À REDOUTER SANS
CESSE LE COUTEAU DES ASSASSINS. IL PRÉFÉRA DES
SATISFACTIONS PLUS TRANQUILLES.

II

UN SOIR, TITUS ET SES COMPAGNONS ÉTAIENT
PLONGÉS DANS LA DÉBAUCHE. ILS AVAIENT MANGÉ DE
TOUT CE QUE PRODUISENT LES ARCHIPELS, LES SABLES
LIBYENS, LES FORÊTS CELTIQUES. DES FLEURS AR-
DENTES ET DES PARFUMS RARES DÉGUISAIENT L'ODEUR
HUMAINE DE LA FÊTE ; LES BELLES ESCLAVES NE POU-
VAIENT PLUS ANIMER DES CONVIVES LAS DE VINS ET
DE CARESSES. MAIS ON CONTINUAIT À MANGER DES
FOIES DE MUSTELLES ET DE SCARES, DES LAITANCES
DE MURÉNES, DES MULLES EXPIRÉS DANS LE *GARUM*,
DES LANGUES DE ROSSIGNOLS, DES SAUMURES MÊLÉES

DE NEIGE ET TOUS LES FRUITS ENCHANTÉS DE SICILE, D'IBÉRIE ET DE CARTHAGE.

OR, BÉRÉNICE DE JUDÉE ÉTAIT LASSE. ELLE SE TENAIT APPUYÉE SUR DES PLUMES DE CYGNE ET D'AUTRUCHE, ET DEPUIS LONGTEMPS NE TOUCHAIT PLUS AUX BOISSONS NI AUX METS POSÉS SUR LA TABLE DE CITRE, INCRUSTÉE D'ÉCAILLES DE TORTUE, DE LAMES D'ARGENT ET D'IVOIRE DE MAURITANIE.

ON SAIT QUE BÉRÉNICE SERVAIT AUX PLAISIRS DE TITUS. CETTE PRINCESSE EXERÇAIT UN PROFOND EMPIRE SUR LE JEUNE AUGUSTE, ET L'ON S'ATTENDAIT À CE QU'IL EN FÎT SON ÉPOUSE. ELLE POSSÉDAIT LE SECRET DES VOLUPTÉS ORIENTALES, UN CORPS CONSTRUIT À MIRACLE POUR LES ATTITUDES ET LES DANSES, DES YEUX LONGS ET SOUPLES, QUI POUVAIENT PEINDRE TOUS LES SENTIMENTS, ET CETTE BOUCHE ADMIRABLE QUI AVAIT ASSERVI CÉSAR À CLÉOPÂTRE.

ELLE ÉCOUTAIT DISTRAITEMENT TROIS ESCLAVES

QUI IMITAIENT LA VOIX DES ROSSIGNOLS, À L'AIDE DE ROSEAUX HUMIDES.

CES VOIX DE NATURE LA TRANSPORTAIENT AUX JARDINS DE SON PAYS, AUX COTEAUX D'OLIVIERS, DE VIGNES ET DE TÉRÉBINTHES, PRÈS DES COLLINES ARO-MATIQUES ET DES SOURCES JAILLIES DU ROCHER. ELLE REVOYAIT LES CIELS IMPLACABLES, LES CRÉPUSCULES RAPIDES, LES SÈCHES MONTAGNES PROFILÉES SUR L'HORIZON RESPLENDISSANT.

ELLE CONNAISSAIT QUE LA VIE EST TRISTE, ARIDE ET SOLITAIRE. AU FOND DE SA MÉMOIRE REPARAIS-SAIENT CES HEURES BRÈVES OÙ L'ON A EU L'ILLUSION DES CHOSES. ELLES SONT PRESQUE TOUT ENTIÈRES DANS L'ENFANCE — LEUR SOUVENIR EST OBSCUR COMME LA JOIE MÊME QU'ELLES ONT DONNÉE.

ET BÉRÉNICE ENTENDAIT LE FRÉMISSEMENT D'UN RÊVE, QUI NE DEVAIT SE RÉALISER JAMAIS ET QUI TENAIT DANS TROIS VERSETS DU CANTIQUE DE SCHE-LOMO.

Bérénice de Judée.

Ses pupilles profondes regardaient devant elle ; un sourire confus errait sur son visage semé de poudre rose ; ses lèvres étaient cruelles et douces, étincelantes et tendres. Elle portait un grand vêtement de soie d'argent, qui s'ouvrait et se refermait sur son corps aux flexions désirables, et que parsemaient des pierres émeraudes et des sardoines onyx. Elle demeurait immobile, exaspérée d'être parmi ces hommes ivres et de sentir sa beauté inutile.

Il lui arriva de dire à voix haute, dans la langue de son pays :

— Quel est celui qui voudrait mourir pour un baiser de la reine Bérénice, comme on dit qu'*ils* moururent pour Cléopâtre d'Égypte ?

À ces mots, Lucius Flavius, personnage consulaire, leva la tête. Tout son corps eut un tremblement, comme lorsque passe un grand froid. Il avait seul l'esprit et l'estomac libres dans l'assemblée, et il s'enchantait à l'image

DE BÉRÉNICE. MAIS, COMME IL ÉTAIT À MOITIÉ CACHÉ PAR DES TENTURES, LA REINE NE L'AVAIT POINT APERÇU.

III

C'ÉTAIT DANS LA NUIT.

BÉRÉNICE FAISAIT TOMBER SES VOILES ET SA CHEVELURE A LA LUEUR DE PETITES LAMPES DE SYRIE, DONT LA FLAMME ÉTAIT CLAIRE ET DOUCE. ELLE REGARDAIT SON DOUBLE DANS UN MIROIR D'ARGENT, AVEC LA TRISTESSE DE SA BEAUTÉ VAINE. CAR TITUS DORMAIT COMME UN BŒUF, ET LA FILLE DES ROIS DE JUDA AVAIT UN CŒUR ORGUEILLEUX. ELLE DÉDAIGNAIT LES CARESSES ANCILLAIRES ; ELLE NE POUVAIT SE COMPROMETTRE AVEC DES HOMMES DE SON ENTOURAGE.

ELLE FIT ENLEVER PAR SES ESCLAVES LA POUDRE DE SON VISAGE ET DE SES PAUPIÈRES — ELLE SE LAVA DANS UNE EAU PARFUMÉE DE JASMIN. — ELLE FUT

PLUS BELLE ENCORE QUE LORSQU'ELLE ÉTAIT PARÉE, AVEC SON CORPS FRAIS DANS UNE TUNIQUE DE LIN ET LA NUIT RUISSELANTE DE SES CHEVEUX. ET ELLE RENVOYA SES ESCLAVES.

ÉTENDUE SUR UNE TOISON D'OURS NOIR, ELLE PASSA SES MAINS PAR SON CORPS ET S'ASSURA QU'ELLE ÉTAIT PARFAITE. PUIS, ELLE DIT ENCORE À ELLE-MÊME :

— QUEL EST CELUI QUI VOUDRAIT MOURIR POUR UN BAISER DE LA REINE BÉRÉNICE ?

ALORS, UNE TENTURE DE TOILE S'ÉCARTA ; IL PARUT UNE TÊTE BRUNE ET PLEINE D'ÉNERGIE :

— LUCIUS FLAVIUS VEUT MOURIR POUR UN BAISER DE LA REINE BÉRÉNICE.

LA JEUNE FEMME S'ÉTAIT DRESSÉE DANS L'ÉPOUVANTE. MAIS ELLE FUT TOUT DE SUITE RASSURÉE. ET ELLE REGARDAIT AVEC RAVISSEMENT CET HOMME QUI LA RENDAIT PAREILLE À CLÉOPÂTRE.

— EST-IL POSSIBLE, DIT-ELLE, QUE VOUS VOULIEZ DONNER VOTRE JEUNESSE, QUI EST BELLE, ET VOS

ESPÉRANCES, QUI SONT GRANDES, POUR UN BAISER DE MA BOUCHE ?

LUCIUS RÉPONDIT :

— JE VOUS METS AU-DESSUS DE LA JEUNESSE ET DE L'ESPÉRANCE. J'AI SENTI MILLE FOIS LE SOUFFLE DE LA MORT, DANS LES BATAILLES, ET J'AI APPRIS QU'ELLE EST TOUJOURS PROCHE. N'EST-IL PAS PRÉFÉRABLE QUE JE CHOISISSE MON HEURE ? JE N'EN TROUVERAI PAS DE PLUS BELLE.

SES YEUX DE FEU PÉNÉTRAIENT BÉRÉNICE. LA DOUCE LUMIÈRE DES LAMPES SYRIENNES MONTRAIT TOUTES LES HARMONIES DE LA JEUNE ORIENTALE — CE CORPS MI-JAILLISSANT DE LA TUNIQUE ÉBLOUISSANTE, OÙ CHAQUE MUSCLE SEMBLAIT CRÉÉ POUR UNE JOIE SPÉCIALE, CE VISAGE OÙ SE MÊLAIT, DANS UN RYTHME ÉTRANGE, LA TENDRESSE INGÉNUE, LA CURIOSITÉ INSATIABLE ET L'INSTINCT DUR DES FILLES DU SOLEIL.

LUCIUS ÉTAIT NÉ POUR CHÉRIR CETTE SORTE DE BEAUTÉ, PLUS ANCIENNE ET PLUS PROFONDE QUE LA

BEAUTÉ LATINE, GRECQUE OU GAULOISE. IL EN CONNAISSAIT TOUT L'ENCHANTEMENT POUR AVOIR VÉCU DANS LA BABYLONIE ET LA BACTRIANE.

LES YEUX DE LA REINE NE SE DÉTOURNAIENT POINT DE CEUX DE LUCIUS. ELLE GOÛTAIT CETTE FLAMME DÉVORANTE, CET AMOUR FORT COMME LES PARFUMS DE SON PAYS. DÉJÀ SE RÉPANDAIT EN ELLE TOUT LE DÉSIR DE CET HOMME :

— LUCIUS, REPRIT-ELLE, IL EST TEMPS ENCORE POUR TE REPENTIR DE TES PAROLES. NUL NE T'A VU VENIR DANS CETTE CHAMBRE. SI TU NE VEUX PAS MOURIR, RETIRE-TOI.

SON SEIN PALPITAIT EN PRONONÇANT CES PAROLES, TELLEMENT ELLE AVAIT PEUR QUE LE ROMAIN LUI ENLEVÂT SON RÊVE.

MAIS IL RÉPONDIT, FAROUCHE :

— CE N'EST POINT MES PAROLES NI LA VIE QUE JE REGRETTERAIS, MAIS SEULEMENT TON BAISER, REINE BÉRÉNICE.

ELLE LUI SOURIT AVEC UNE TENDRESSE JOYEUSE :

— C'est qu'en vérité, Lucius, tu ne pourras plus vivre. Il ne convient pas qu'un homme puisse emporter un tel secret.

Il haussa doucement les épaules.

Elle sentit une volonté profonde comme l'abîme et l'amour de cent siècles résumé dans un seul homme. Elle regardait Flavius avec une sorte de vénération et presque d'humilité. Mais, elle n'oubliait pas son vœu.

Elle alla doucement fermer la serrure de la porte. Puis, elle vint, souriante, appuyer ses mains sur les épaules de l'homme.

Et Lucius défaillait à la douceur de cette gorge fraîche, à l'approche de cette bouche terrible.

Elle dit à voix basse :

— Tu auras plus que le baiser de la reine Bérénice. Ton âme est entrée dans moi. Elle m'a donné le mal de ton amour.

Leurs bouches se rencontrèrent. Lucius se

SENTAIT DÉJÀ ÉVANOUIR DANS LA MORT VOLUPTUEUSE. UN VOILE ÉTAIT SUR SES YEUX, IL VOYAIT À PEINE LE LIT DRAPÉ DE POURPRE DE GÉTULIE.

ET BÉRÉNICE L'ENTRAÎNAIT COMME LA LIONNE ENTRAÎNE LE LION.

IV

QUOIQUE CE FÛT DÉJÀ LE JOUR, DANS LA CHAMBRE OBSCURE IL N'Y AVAIT D'AUTRE CLARTÉ QUE CELLE DES LAMPES. LA REINE DE JUDÉE CONTEMPLAIT PASSIONNÉMENT LE VISAGE DE LUCIUS FLAVIUS ENDORMI. EN QUELQUES HEURES, CETTE TÊTE LUI ÉTAIT DEVENUE PLUS CHÈRE QUE TOUTE PERSONNE VIVANTE. IL LUI SEMBLAIT DUR DE LA VOUER AU TRÉPAS. MAIS SON ÂME ORIENTALE, NOURRIE DE PRINCIPES SÉCULAIRES, N'IMAGINAIT POINT QUE LUCIUS PÛT VIVRE ENCORE. ELLE AVAIT AUSSI AU FOND D'ELLE L'EXEMPLE DE CLÉOPÂTRE, COMME UN SOLDAT HÉROÏQUE

L'HISTOIRE DES MUCIUS SCÉVOLA, DES DÉJANIRE OU DES LÉONIDAS.

ET L'AVENTURE PARAISSAIT SANS ISSUE.

ELLE ÉVEILLA DOUCEMENT LUCIUS.

IL PORTA VERS ELLE UN SOURIRE DE GRATITUDE ET DE JOIE :

— AH ! MURMURAIT-IL, IL EST DONC VRAI QUE J'AI VU S'EXAUCER MON VŒU ! SOIE BÉNIE, REINE DE JUDÉE.

ELLE PRIT LE VISAGE BRUN DU CONSULAIRE CONTRE ELLE ET LE COUVRIT DE BAISERS :

— JE T'AIME LUCIUS ! JE NE POURRAI PAS OUBLIER CETTE NUIT INCOMPARABLE — JE PLEURERAI TA MORT ÉTERNELLEMENT !

IL RÉPONDIT PAR DES CARESSES ARDENTES, PUIS IL RÉGNA UN GRAND SILENCE. ON SENTAIT LE MATIN S'ÉLEVER AU DEHORS. TOUS DEUX COMPRIRENT QUE L'HEURE AVAIT SONNÉ ; LUCIUS DIT AVEC INSOUCIANCE :

— JE SUIS PRÊT !

Alors, Bérénice rouvrit lentement la porte, tandis que le Romain s'habillait à la hâte. Elle appela ses esclaves :

— A l'aide... Daoud... Abija... Mical !

Les femmes et les eunuques accoururent. L'Orientale se mit à dire d'une voix claire :

— Cet homme a pénétré dans ma chambre. Il ne convient pas qu'il revoit la lumière du jour.

Les esclaves s'emparèrent de Flavius et lui lièrent les bras. Puis, ils le traînèrent vers les appartements de Titus.

Ce prince, ayant bien dormi, se trouvait d'humeur débonnaire. Il fit comparaître Bérénice, il écouta les circonstances de l'aventure. Il sut que la reine avait trouvé Flavius caché dans sa chambre.

Et Flavius avoua. Il dit simplement qu'il s'était d'abord dissimulé dans l'atrium, et que, vers l'aube, comptant sur le sommeil des escla-

VES, IL ÉTAIT ENTRÉ DANS LA CHAMBRE À COUCHER DE LA REINE.

CETTE HISTOIRE INTÉRESSA TITUS, PUISQU'AUSSI BIEN ELLE NE POUVAIT EXCITER SA JALOUSIE. IL RÉFLÉCHISSAIT QUE LUCIUS FLAVIUS AVAIT SUIVI FIDÈLEMENT VESPASIEN, QUE LUI-MÈME N'AVAIT QU'À SE LOUER DE SES SERVICES. PRIS D'UNE DE CES CRISES DE CLÉMENCE, QUI DEVAIENT LE RENDRE ILLUSTRE PAR LA SUITE :

— LUCIUS, DIT-IL, TON CRIME EST GRAND ET MÉRITE LA MORT. MAIS PEUT-ÈTRE AS-TU ÉTÉ LA VICTIME D'UN DIEU CRUEL. JE VEUX TE LAISSER UNE CHANCE DE RÉPARER L'INJURE QUE TU AS FAIT À LA REINE BÉRÉNICE ET À TON IMPERATOR. TU PARTIRAS POUR LE PAYS DES CATTES, QUI EST EN RÉVOLTE, TU Y PRENDRAS LE COMMANDEMENT DES LÉGIONS, ET TU Y DEMEURERAS JUSQU'AU JOUR OÙ JE CROIRAI POUVOIR TE RAPPELER À ROME.

CETTE SENTENCE EMPLIT LE CŒUR DU CONSULAIRE

DE GRATITUDE POUR L'AUGUSTE. IL SE PROSTERNA CONTRE LE SOL. MAIS EN SE RELEVANT, IL RENCONTRA LE REGARD DE LA REINE.

CE REGARD ÉTAIT TRISTE, PLEIN DE DÉDAIN ET DE DÉSILLUSION.

V

BÉRÉNICE ÉTAIT PLONGÉE DANS UN RÊVE MÉLANCOLIQUE. LES CHEVEUX ÉPARS, MI-NUE, ELLE DEMEURAIT ASSISE SUR LES PEAUX DE BÊTES ET SUR LES ÉTOFFES DE SOIE, ET REGARDAIT, PAR INTERVALLES, LA BEAUTÉ DE SON CORPS ET LE CHARME DE SON VISAGE DANS LE GRAND MIROIR DE NEAPOLIS.

LES DOUCES LAMPES SYRIENNES ÉCLAIRAIENT LE LIT PARÉ D'ARGENT, LES NACRES, LES POURPRES ET LES ÉMAUX. IL Y AVAIT PEU D'IMAGES, ET NUL SIMULACRE DE DIEU — CAR BÉRÉNICE ÉTAIT FIDÈLE, SINON AUX CROYANCES, DU MOINS AUX RÉPULSIONS

DE SES ANCÊTRES. UN PEU DE MYRRHE BRÛLAIT DANS UNE CASSOLETTE.

LA REINE DE JUDÉE SONGEAIT À LA NUIT DERNIÈRE. SON CORPS ÉTAIT ENCORE PLEIN DE LASSITUDE, SON ÂME DE TROUBLE. MAIS LE DÉGOÛT AMER DE L'ESPÉRANCE PERDUE RENDAIT CETTE VOLUPTÉ ODIEUSE ET CE TROUBLE EXÉCRABLE. BÉRÉNICE SE SENTAIT HUMILIÉE DANS SA PUISSANCE ; ELLE SE DISAIT AVEC DÉSESPOIR :

— QUEL PHILTRE POSSÉDAIT DONC LA REINE CLÉOPÂTRE ? POURQUOI LES HOMMES MOURAIENT-ILS POUR ELLE ? SE PEUT-IL QU'ELLE AIT ÉTÉ VRAIMENT PLUS BELLE QUE MOI ?

PUIS, ELLE REPRENAIT :

— MAIS LUCIUS VOULAIT MOURIR, IL SERAIT MORT SANS SE PLAINDRE. LES AMANTS DE CLÉOPÂTRE, N'AURAIENT-ILS PAS ACCEPTÉ LEUR GRÂCE ? ILS NE PÉRIRENT QUE PARCE QUE LA NOIRE NÉCESSITÉ LES Y CONTRAIGNIT... IL EN EST DE MÊME QUE SI QUEL-

QU'UN AVAIT VRAIMENT MARCHÉ AU SUPPLICE POUR UN BAISER DE MA BOUCHE.

CES RAISONS NE LA POUVAIENT SATISFAIRE. L'AVENTURE SEMBLAIT UN CONTE, ET MÊME, ELLE NE PARVENAIT PLUS À CROIRE À LA VOLONTÉ DE LUCIUS.

ELLE REJETA DE DÉPIT SA TUNIQUE, ELLE SE TROUVA DEVANT LE MIROIR ÉTINCELANT. ON EUT DIT QUE TOUS LES DIVINS SCULPTEURS HELLÈNES S'ÉTAIENT CONCERTÉS POUR LA PARFAIRE. ELLE UNISSAIT L'ÉLÉGANCE DE L'ANADYOMÈNE AUX FORMES PROMPTES ET FINES DES PETITES DÉESSES DE L'EAU ET DES FORÊTS. SA HANCHE ÉTAIT FÉCONDE ET FORTE, ET CEPENDANT PLEINE D'UN MOUVEMENT LÉGER ; SES PIEDS MENUS SEMBLAIENT POUVOIR L'EMPORTER AUSSI VITE QU'UN ÉPHÈBE HABILE A LA COURSE.

LA PETITESSE DE SA BOUCHE N'ENLEVAIT PAS LA VOLUPTÉ ; LA COURBE SI DOUCE DE SES JOUES NE DONNAIT PAS À SA GRÂCE CE CARACTÈRE TROP TENDRE QUI ÉCARTE LE DÉSIR.

ELLE EXAMINA LONGTEMPS CETTE BELLE IMAGE

DE FEMME ; SES YEUX S'EMPLISSAIENT DE SOMBRE ÉTONNEMENT.

— SANS DOUTE CLÉOPÂTRE AVAIT AUTRE CHOSE ENCORE.

ELLE SE REMIT À SONGER À LUCIUS. ELLE REVIT LE VISAGE BRUN QUI S'AVANÇAIT VERS ELLE, LES YEUX PLEINS D'UN FEU D'AMOUR ET DE MORT. ET TOUT DE MÊME, ELLE NE POUVAIT BANNIR LE DOUTE — ELLE MURMURAIT D'UNE VOIX ALANGUIE :

— VOULAIS-TU VRAIMENT MOURIR, LUCIUS FLA-VIUS ?

COMME LA VEILLE, LA TENTURE DE POURPRE S'ÉCARTA ; LE CONSULAIRE APPARUT AVEC SA BARBE COURTE ET SES YEUX RÉSOLUS. IL DIT, PLEIN DE DOUCEUR :

— LUCIUS FLAVIUS VOULAIT VRAIMENT MOURIR, REINE BÉRÉNICE, ET IL N'A PAS ACCEPTÉ LA GRÂCE DE L'EMPEREUR.

LA JEUNE FEMME SENTIT UNE VIE ABONDANTE ET ORGUEILLEUSE EMPLIR SES VEINES. SES YEUX RES-

PLENDIRENT. ELLE NE POUVAIT SE LASSER DE VOIR LUCIUS DEVANT ELLE. ELLE SE CONCEVAIT ÉGALE ET PEUT-ÊTRE SUPÉRIEURE À CLÉOPÂTRE — CAR CELUI-CI REVENAIT À LA MORT, APRÈS AVOIR ÉTÉ SAUVÉ.

ELLE PRIT VIVEMENT LA TÊTE DE LUCIUS DANS SES BRAS RONDS ET LA COUVRIT DE CARESSES. ELLE DISAIT LES PAROLES DU CANTIQUE :

« *J'AI CHERCHÉ DURANT LES NUITS CELUI QU'AIME MON AME !* »

ET ELLE AJOUTAIT TOUT BAS :

— JE L'AI CHERCHÉ ET JE L'AI TROUVÉ.

ELLE S'ATTACHAIT À LUCIUS DANS UN DÉLIRE D'AMOUR. ET LUI, GOÛTAIT CETTE FEMME VIOLENTE ET MAGNIFIQUE. LE CORPS SOUPLE POSÉ SUR SA POITRINE VALUT TOUTES LES CHOSES DES DIEUX ET DES HOMMES. IL NE REGRETTAIT PAS D'ÊTRE VENU AU MONDE, NI D'EN PARTIR. IL SENTAIT AVOIR PLUS VÉCU DANS CES ÉTREINTES QUE PLUSIEURS EXISTENCES D'HOMMES.

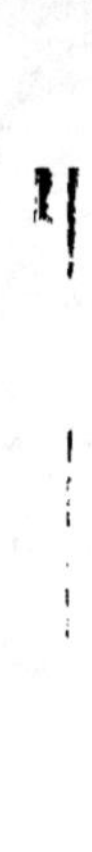

Bérénice de Judée.

Et il s'épuisa de baisers, de passion, de tendresse.

L'aube revint ainsi que le jour d'avant. Mais Flavius et Bérénice n'étaient point endormis, comme si l'excès des lassitudes les avait rendus plus forts.

Lucius parla :

— Maintenant, reine Bérénice, voici que l'heure est venue. Tu ne peux plus appeler tes esclaves — je ne puis plus comparaître devant Titus. Ce serait une dérision. Il est dangereux aussi de fuir. La mort seule semblera naturelle. Détourne la tête, si tu ne désires pas voir mon agonie.

Elle se jeta sur lui encore, puis, elle recula jusqu'à la muraille et se cacha les yeux.

Lucius prit un style d'acier bleu, qu'il tenait caché dans sa prétexte. Il frappa sans hésitation, car il s'était exercé, et se laissa doucement expirer sur les toisons et les pourpres.

Bérénice craignit d'abord de se retourner.

Elle avait entendu une chute sourde, un grand soupir. Puis, le silence. Et elle s'appuyait à la muraille, tremblante.

Enfin, d'un effort, elle se détacha. Elle vit Lucius étendu sur le sol. Son visage était déjà immobile ; la beauté de la mort commençait de s'y répandre.

Alors, toute crainte s'évanouit dans le cœur de la reine. Elle s'agenouilla près du corps bien-aimé. Elle unit longuement ses lèvres aux lèvres encore tièdes du Consulaire..

Jamais aucune tendresse, aucune joie, ni aucune douleur n'avaient à ce point rempli son être.

Elle répétait avec un ravissement plein d'épouvante :

— Voilà que je suis enfin semblable à Cléopâtre, reine de César et de Marc-Antoine.

L'HEURE AVANÇAIT. BÉRÉNICE, LES YEUX PLEINS DE LARMES, DONNA UN DERNIER BAISER À LUCIUS, PUIS ELLE FIT VENIR SES ESCLAVES.

ACHEVÉ D'IMPRIMER

POUR LE COMPTE DE

A. ROMAGNOL, ÉDITEUR A PARIS

En Juin 1906.

PAR

CH. HÉRISSEY, A ÉVREUX

ILLUSTRATIONS DE LÉONCE DE JONCIÈRES

GRAVÉES PAR

*BUSIÈRE, MASSARD, PENNEQUIN
et THÉVENIN*

www.ingramcontent.com/pod-product-compliance
Lightning Source LLC
LaVergne TN
LVHW021154200726
843510LV00001B/345